U0093020

名流詩叢 18

# 世界女詩人選集

An Anthology of World Women's Poetry

李魁賢◎編譯

你是最後的生命海洋
在愛情的神祕性
和冥想性銀河
燃燒

# 《世界女詩人選集》譯序
# *Translator's Note*

詩人的身份應該不分男性或女性，也不是中性，而是通性，或者就說是人性。因為詩人是以人性的眼光在觀察世界事務，基於真摯的心情、善良的體認，透視外在和內在的現實，賦予意義，讓讀者可以體認詩的美感經驗。

但是本書又為什麼題《世界女詩人選集》？實際上，多年來在國際詩壇活動，有機會認識到各國詩人，有些見過一次就忘了，有些緣份不錯可能再會，而更有些投緣的，一見如故，不但交談相得，持續聯繫，甚至還彼此不約而互譯詩作、在各人本國發表，還進一步印成書，表達心儀且有願與國人共享的衷情。認識的詩人當中，有不少傑出的女詩人，不但創作表現不俗，在文學或社會運動層面也非常活躍。

笠詩刊有意策畫一次外國女詩人專輯，屬意我進行此項工作，初步完成交稿後，感到應該可以稍加擴大到一本書的份量，秀威資訊科技股份有限公司也同意列入名流詩叢內出版，於是重新整理，再加補充，擴大將近一倍的篇幅，得以充份呈顯每位詩人的創作風格，及其詩作關懷的議題和層面。

本書包括七位詩人： 裴瑞拉（巴西）、史考拉（希臘）、 古傑瑞（印度）、多喜百合子（日本）、菲律浦（紐西蘭）、波佩斯古（羅馬尼亞）、 蘇勒（美國）。其中裴瑞拉展現為弱勢者仗義執言的強烈使命感，史考拉熱中於描述文明的傳承與發展，古傑瑞關切人與自然的和諧與感受，多喜百合子譴責煤氣與核能對人的毒害與造成的災難，菲律浦著重外在世界對內心思惟的影響，波佩斯古歌詠實存的意義與價值，蘇勒特別關心自然生態的永續共存。

詩人各以其養成的意識，藉詩的形式向世界發聲，這是具有深義的涵養，不是辭語的雕琢和技巧的演出而已。詩重在所負載的意義，才可能透過不同的

文字表達，否則，譯詩會變成無聊的操作。原先計畫列入選譯的詩人還包括荷蘭、西班牙和蒙古，但因聯絡不順作罷。古傑瑞則不幸往生，幸獲擔任過印度總理的夫婿授權選入。

每每閱讀不同國度的詩作，從中理解在不同環境下，詩人對世界事務的觀察和關懷，深入共同關心的題材、體認、感受，在人文上共享神聖的一刻，勝何如也！譯詩不求代價，但如此回饋則無可取代，幸何如也！

2012.07.06

# 〔巴西〕裴瑞拉
# Teresinka Pereira, Brazil

在巴西出生，年輕時即積極從事文學和社會運動，1976 年成為美國公民，現擔任國際安全和平國家議會使節和議員、世界原住民組織人權部長、國際作家暨藝術家協會會長。榮獲馬爾他騎士、耶路撒冷聖約翰元首勳章、巴西國家戲劇獎、加拿大詩人協會年度詩人獎、巴西作家聯盟年度名人獎、國際桂冠詩人聯合會女作家金冠獎、雅典市獎等，到 2009 年共獲世界各國 253 項獎。1994 年被選為拉丁文化協會國際事務主席。獲頒美國、哥倫比亞、荷蘭、摩達維亞、德國、蘇里南等國大學或學術機構博士學位。出版各種語文譯本詩集共 38 冊，有李魁賢漢譯詩集《與時間獨處》。2010年來台出席台師大母語文學國際研討會並頒發榮譽人文學博士給李魁賢和李勤岸。

# 伊朗女孩名叫內達
# *An Iranian Girl named Neda*

她深信自己有權利

在公共廣場抗議。

她戴著面紗

服從她非自願

出生的國家

奉行的宗教。

一粒子彈從上面

膽小自衛隊隱藏處射來

停止她青春的心跳，

是她示威力量的

唯一武器

使她成為烈士。

你如何辯解

鎮壓貴國青年的叛國罪？

哈梅內伊[1]閣下！

1 哈梅內伊（Ayatollah Ali-Khamenei），繼何梅尼後的伊朗最高領袖，兩度擔任總統。

# 因為那是我們的作風
## *Because that is the way we are*

首先是羞愧
因為窮人不得不吃
我們的剩菜。

我們並不適應
所處的社會階級
因為他們會說
「這就是生活
窮人始終在周圍
擾亂我們的意識。」

接著是憤怒
因為軍事用在捍衛

富翁的權益
去剝削餓肚子的人
和窮人的工作。

最後
我們改變生活
開始革命。

因為那是
我們的作風，
我們流亡
但是不沉默
但是不屈服。

我們持續革命

即使只是在紙上，

即使在外國土地

即使只是禮讚

正義和平等，

因為那是我們的作風。

# 加沙孩童
# *Children of Gaza*

在加沙垂死的孩童
沒有恩惠享受
以純真的笑聲
慶祝 2009 年新禧。
他們才幾年的歲月裡
充滿黑暗和恐懼，
眼淚和痛苦。他們的
血液施肥在出生的
土地。他們的土地。

依我的瞭解，加沙這一戰
任一方都沒有任何正當。
我才不管誰是

富庶屯墾區的地主，

或是比鄰巴勒斯坦窮人家庭。

我才不管誰該

為兵工廠繳義務聯邦稅。

我認為罪犯和殺人者

就是發射飛彈的人

買賣恐怖死亡武器的人。

我譴責在國界雙邊

劫奪無辜人命的黑手，

在加沙死亡人數

自己會講話。

孩童生命價值超過

全部土地，超過按照

任何戰爭勝利者

繪製新地圖時的一切

意識形態和宗教或政治。

每一位孩童一生都是

出世土地的主人。

# 在里約相逢
# *Encounter in Rio*

里約熱內盧
是色彩的故鄉
早起的太陽
還在狂歡
雲朵像及膝外衣

在里約熱內盧
這城市國度
山是通往
無垠的城門
我們在此鍛鍊
詩歌

反光的角度

詮釋生命

惹起早熟和未來的

鄉愁

時間的慶典

已逾時

再生的科學

和夢幻人生

花園晚宴裡

太陽花朵

對我們的靈感

綻放火花

承諾的果實
呈現淺白語句
重複的永恆性
以及開放空間裡
夢想一個世界
就像時間克服了
極限

在此　我們是
詩和藝術的
冒險家　美好
未來的製造者

# 給伊拉克小孩的信
# *Letter to a Child in Iraq*

外國士兵在巴格達街上
給你的復活節蠟燭
是裝戰爭傳單的
危險毒藥。

正像閃亮的珠子，
歐洲基督徒用來提供給
美洲的印第安人，
卻強暴他們的女人又劫走
他們的金子和土地。

別吃這些復活節禮物
也不要因受傷哭泣

當他們用

百萬顆炸彈

轟炸你們的家。

別吃那些巧克力

因為這樣好像

你在領受苦難死去的

父親肉體做為聖餐，

他被指控是恐怖分子

因為他是男子漢

力圖保護你們的家。

別吃侵略者的謊言
他一直說殺你們人民
是為了衛護他在
美國的家庭和房子。

睜開眼睛，抬起頭來
別相信這些西方的慈善
虛假的復活節兔女郎。

# 面　紗
# *The Borgol*

女人，我替妳抗議！
妳不得不掩蓋嘴
無法震動
苦悶的聲音。

我感到暈眩
為了妳缺乏勇氣
堅持忠實於
妳黑眼珠內部
失落的世界。

在妳的面紗[1]影子下
妳生活無用的神祕，

他人意志下的

無力的沉默。

女人，燒掉面紗吧

就像東方女性

五十年前燒掉胸罩！

請大聲喊出：

「不自由，毋寧死！」

打開新生命的道路

為了妳們的女兒。

---

[1] 伊斯蘭女人戴面紗，包覆頭髮，掩住嘴，只露出眼睛。

# 美國圍牆
# *The U.S.A. Wall*

墨西哥與美國
之間的邊界
是龐大無恥的監獄
在圍牆兩側。

圍牆是一道壁壘
阻止墨西哥散工從殖民地
進入美利堅合眾帝國。

圍牆會存在於
民族史上
做為獸性咆哮警告，
對虛擬「美國夢」

深懷抱負入境的
移民是又醒目又無言的
恐嚇訊息。

圍牆是人造贗品
把警衛和囚犯綑在同一牢裡。
促使時間倒退到
吃人的封建和貧農時代。

圍牆增加走私
交通量和身為人的奴隸。
圍牆內會埋葬
美國鋼鐵心腸在

工人血液的另一心藏側面。

他們會團結

在此無人的塔內

無人的土地上

沒有天空的地平線下

像沙漠裡兩滴

過客的眼淚。

# 潔白的和平之花
# *The White Flower of Peace*

克羅埃西亞　波斯尼亞或塞爾維亞
都可能曾經是我
塞爾維亞祖母的祖國
這位堅強的女性有一天
不得不移民到巴西
尋求麵包與和平

她住在外國過著
孤獨嚮往和傷心的生活
為了未經戰鬥
就放棄她的土地
她受到不耐久待之苦
明知再也回不了
祖先的家園

有一天我答應
替她回去看看
可是歐洲地圖上
再也沒有南斯拉夫
我傷心　因為我去不成
如今雖然所有人民
都有了和平與麵包
可以一起生活在
同一個國家　兒童
可以手拉手遊戲
不同種族的情人們
可以歌頌愛情

現在我要等待更好時機

等到仇恨輸給愛

悲情輸給希望

因為那一天太陽會

在清晨自由閃亮

從土地上的鮮血會

長出潔白的和平之花

# 莊嚴的美德
# *Solemn Virtues*

你是最佳人選
讓我感受
身為女性的
原始狀態
天性的溫柔
你在我的胸前
點亮夢的起點

你是我發明的
熱情縱火狂
跨越我莊嚴的
美德與得意洋洋的
奢侈高潮之間

你是對抗字句

永久單調的

時間答案

你是最後的生命海洋

在愛情的神祕性

和冥想性銀河

燃燒

# 遲賦的驪歌[1]
## *Late Good-bye*

你眷顧我的詩篇

以你甜美的素養步步為營

跨越而過就變成

玫瑰和茉莉

不相信我們相見

毀掉我心焦

的聲音

以你平常心

或者轉變成一條幽徑

朝向未來的

友誼

我想起你的眼神沉靜寡言

又疑慮不安

也許煩惱我表露

的心靈爆發

台北至少忘了講

再會

這句話

[1] 這是作者2010年訪台回美後，寫給李魁賢的詩。

# 〔希臘〕史考拉
# Marlena Skoula-Periferaki, Greece

1933 年出生於希臘克里特島望族，在雅典受教育，擔任希臘作家協會祕書長等職。著有詩集《東方一號》（*East Number One*, 1981）、《愛情第十二小時》（*At the Twelfth Hour of Love*, 1983）、《二十世紀》（*Twentieth Century*, 1985）、《新太陽》（*New Suns*, 1987）、《異想陰影中》（*In Fancy's Shadow*, 1990）、《春天兩難》（*Spring Dilemma*, 1995）、《英譯詩選》（*Poems in English*, 1998）、《命運景象》（*The Scenery of Destiny*, 2000）、《我心靈之光》（*The Light of my Soul*, 2006），其他有小說和學術著作等多種，經國際桂冠詩人聯合會榮譽副會長柯連提亞諾斯（Denis Koulentianos）介紹，與譯者聯絡交往。

# 奧林匹亞，歐洲精神的搖籃
## *Olympia, Cradle of European Spirit*

奧林匹亞，你在陽光下閃耀！

宇宙項鍊上的

一顆鑽石，

希臘神聖大地，

歐洲精神的搖籃，

一種奧祕關係

聯結古典善與美的

世紀。

活生生的時間標記依然在

神殿廢墟裡呼吸，

雕像、祭壇、傳說、理念。

無可媲美的自然魅力！

神奇的狂熱

充滿生命的心靈

歌頌你這聖地。

榮耀的影像

映在你的水流中

匯合，在記憶裡受洗。

在此你感到希羅多德、品答羅斯

和柏拉圖存在於夢般維度！

紀念碑以雕像裝飾

文本傳遞奧林匹克智慧的

宇宙訊息，

意義架構心靈表達的能力，

傳衍的促進劑！

在此雕刻家鏤刻神祕融合

美德與勇猛，

物質與精神，

大理石與創作者的感性！

在此喇叭手意氣風發吹奏

奧林匹克運動會開幕。

運動員在榮譽競技中

視比賽對手

是戰場的夥伴

雍容尊敬手下敗將。

勝敗雙方

皆保持尊嚴。

年輕人喝彩聲，

和旗幟，

可愛動人

在風中飄揚。

為奧林匹克勝者加冠

歡呼和歌唱。

榮耀的至福技能

象徵勝利的道德價值。

在此誕生奧林匹克理想之光

把光明散布於全球！

在此活躍於寧靜的廢墟

環繞群芳花卉，

和平的心靈！

在此神賜福地

天命率領我們步伐，

沐浴甘露

充滿瓊漿馥郁！

在此我們必須立下礎石

為各國的未來和平，

解除武裝的競賽爭鋒！

在此宙斯神殿前，

來自全世界的青年

奉獻給維斯太和福玻斯[1]，

舉起火炬、伸直手臂

上長明火焰的祭壇！

身為奧林匹克精神的

使者、先鋒、鼓舞者，

奧林匹亞有翼的眾神

立於天地之間！

[1] 維斯太（Vesta），古羅馬的女灶神，聖火的象徵。福玻斯（Phoebus），古希臘的太陽神。

# 全能者
# *The Almighties*

神魂

振翅於光中

於黑暗中

於永恆。

清澈如春水

純潔如新生女兒

令人性升天

流過宗教

強化理念

到達顛峰。

深透心靈

引起敬意。

有一天

唯物主義社會

會摧毀

地球的基礎

廢墟

會環抱千禧年。

會把血肉的

灰燼撒在

風中。

但神魂

無拘無束無死

會等待

生命的神訊。

# 克里特島
## *Crete*

無論我走到哪裡，我的故鄉！

我總把你做為冠冕

用隨著你大地運轉的彩虹

以各種顏色彩繪你。

你的名字是我口碑的知交。

你的遠景帶給我鄉愁

回歸到你的聖地，

噴泉使記憶清新

愛沿著岩石散發香味。

你的七絃琴激起

心頭和嘴上的情意。

立有宙斯的祭壇

祂神聖的力量由此誕生。

克里特島呀，我最亮的星辰
你既是燈塔也是大屠殺
為了自由的緣故。
你的鬥爭映照到外太空
讓後代子孫仰望
看到理想、精神、古代傳統
你的滅亡，和永恆的遺蹟。
你知道如何開創未來
在普西羅萊替斯山[1]野花上，
陶醉於友誼的甘露，
以鷹的翅翼飛翔
獲得愛情靈思。
你看見太陽無畏無懼

永遠擺蕩在

天地之間。

---

[1] 普西羅萊替斯山（Psiloreitis）是克里特島最高山脈，海拔2456公尺。

# 作家之怒
# *The Writer's Wrath*

我幹嘛要存在？

若不能改變

河流衝到

氾濫的過程，

或者若我不能繳械毒手，

解開奴隸的枷鎖

或者甚至把神送上天堂。

我幹嘛要存在？

若我不能為理想

為個人的自由奮鬥，

或者若我不能歌舞和平，

在房屋和庭院內

或者在街上，

我不能看到希望、

智慧、和諧與美的面孔。

我幹嘛要存在？

若無人傾聽我的聲音。

# 一隻蝴蝶
# *A Butterfly*

我敲鐘。

我喊……

沒有回應。

只有一隻蝴蝶

脫離門上的五月花環

掉在我的跟前。

變成風的細語

我傷心的哭聲。

史考拉

# 在愛的祭壇上
## *On the Altar of Love*

我在月光下從你的眼中

看到哀傷，

我以春天播種你的小徑

以杏花瓣

覆蓋你的憂鬱，

以我感情的奔流

以情色慾望的顏色

審判時間。

你的心跳

像吉他的音符

聯結到我生命的旋律。

你的希望在生之祭壇找到庇護，

釋出新的意義，

進入祕密的小徑，

透示圖像

並找到通路

給愛的神聖配偶。

# 綺色佳島
## *Ithaca*

我正尋找喜愛過的城市，

綺色佳島的聖地！

那裡的太陽不再升起。

然而，

一線希望把光送給

凍僵的生命。

# 側　影
# *Profile*

在作家書桌上

紙張、鉛筆、筆記簿。

在他的書架上

獎牌、獎狀，

封面燙金的選集

刻印他的名字。

這一切，他精神的火花

自身心靈的一部分，

照像和插圖，

人物來來往往……

他望著這些

摸摸抱抱

浮現憂愁的笑容。

有些祕密在空中飛揚

滑行穿過時間。

俯身在空白紙張上

他不停地寫、寫……

他把觀察寫成意象，

把情境寫成書本，

把回憶寫成對話。

過去和現在交融

成神祕的儀式，

靈感的根源，

詩、頌歌、神諭、愛，

在時代裡燦爛存在，

童話故事喚醒疑問

在陰影下強求答案，

尋找窗口透光。

夜裡所有星星都出現了

照亮作家的側影；

他的隱蔽側沉緬在鄉愁裡，

在濃濃的青春裡，

在沒有終止的發軔裡，

聚焦在那位

受寵的形像，

她的呼吸、她溫柔的眼波，

她晶瑩剔透的笑容，

她正摘下春天的紫丁香

用她的青春填滿空間。

就是那位！

她兼領聰慧與生命

知識與人性。

# 二十世記
# *20th Century*

我出生

在戰火中。

故鄉

被鐵鍊封鎖

在忿恨的天空下。

我踩著

泥濘的血跡。

我踉蹌在

瓦礫、心靈、理想。

我看見

霧中受傷的鳥，

仰望太陽。

人手摧毀神像，

孩童飢餓
像蘆葦
被凶暴的鷹隼
撕成碎片。
軀體
在爐內燒成灰
珠寶
倒入口袋裡。
天使
在地獄牢籠內。
街道
用紫色彩帶
裝飾回憶。

有一天

自由風雲

轉動

命運巨輪

我聽到教堂鐘聲

宣告復活訊息。

如今

無盡的朝聖者

萬分虔誠

尋路

前往

朝拜聖嬰。

我跟隨他們腳步

而深埋內心的

頌歌

揚升到天際

會合

眾神、心靈、理想。

# 友誼之手
# *Hands of Friendship*

地球種籽的兩粒果實，

知識的兩個源頭

在無窮遠結合，

兩個心靈在尋找幸福的綠洲，

兩位無兵籍號碼的軍人

被蓋上同樣命運的印戳，

倦於戰鬥去征服死亡

和地獄的陰影。

我們丟開

憤怒的武器

握緊友誼之手。

我們

來自人民火燄的兩道火花，

環扣入苦悶的鍊條內，

兩滴血

用熔岩和歷史烘烤，

兩發砲彈在戰爭廢墟上爆開，

兩顆心充滿神賜的甘露，

兩位無兵籍號碼的軍人

在生命和文明中結合，

歷經數世紀，

握緊友誼之手

站立在神前，

我們呼吸同樣空氣；

我們喝同樣盈握的水，

在同樣蒼天下

我們撒布玫瑰花瓣

沿未來的道路

讓自由通過。

# 〔印度〕古傑瑞
# Shiela Gujiral, India

印度旁遮普大學文學碩士並獲新聞學文憑，與當時學生運動領袖，後來擔任總理的古傑瑞結婚，於1976～1980年間隨古傑瑞出使蘇聯時，展開印度和蘇聯的文化交流。回國後，曾任女作家協會會長，平常熱心兒童福利工作。以旁遮普文、印度文和英文寫詩、小說、傳記、劇本等，出版有《兩塊黑煤渣》（*Two Black Cinders,* 1985年）、《火花》（Sparks, 2002年）等二十餘本詩集，有阿拉伯文、烏爾都文、果魯穆奇文等譯本。2002年台灣詩人訪印團到新德里時，曾造訪其府邸，接受殷勤招待。 2011年7月病逝。

# 報銷了
# *Burns Away*

報銷了

地上的一切

發出火花

然後報銷了

二十道菜的華筵

享用一陣子

就報銷了

再度留下又饑又餓

電話交談

高興一下子

就報銷了

再度留下器具死相

朗朗的歌聲

提振精神

就報銷了

墓地的沉寂再度吞沒

青春的熱情

在狂歡中叫嚷

就報銷了

再度留下又寒又冷

# 抗　議
# *Protest*

筆奪走了

報社封鎖了

聲音噤閉了

嘴緘默了

異見消滅於無形

在地下集結

重新植根

冒出

旗幟的波浪

宣揚著

抗議

# 春
# *Spring*

覆蓋在美麗的雪氈下

耽迷於至福的夢中。

放下睡美人，冷凍圈

在我隔壁。

四周圍有守夜的哨兵

無數的大松樹！

過了數月，有一天晴朗早晨

堅果和檸檬樹共謀

燦爛起一些亮綠的旗幟

不斷揮舞著。

小草窺視

雪氈外

小灌木也是，

對太陽和風投出

笑容，

以純真的魅力加以引誘，

亡命者以火熱的形式

前進

把銀雪撞傷變黑

嗚咽的雪驀然大哭起來，

告別必死的形式，

偷窺的小東西

走出來

穿著鮮紅的色彩，

手拉手快樂旋舞著

歡喜無窮！

小鳥縮小了

明亮蔚藍的天空

參加作秀！

# 夏
# *Summer*

在印度，夏天

像是不受歡迎的客人，

闖入春日的溫柔鄉。

一想到致命的擁抱

多麼令人戰慄！

空調器、厚窗簾

設想拒絕一切

把門、窗、通氣孔封閉

躲開其零碎的晃動。

夏天在盛怒之下

懷恨如此冷酷對待，

襲擊植物和草

眼中冒火，哇！肆意蹂躪！

在莫斯科，夏天是久候的友人
我們邀請懇求了好幾個月
她卻偷窺、藏身、一再偷窺，
我們開窗且大唱讚美歌
為她閣下歡呼舞蹈。
我們脫掉夾套、外衣和帽子
歡迎她可愛的手觸摸。
得意洋洋的夏天，親吻
每一花瓣、每一樹葉
以及全部樹木的氣味和影子
撫模擁抱每一片草葉
而花園驀然爆發
彩色的暴動。

# 秋
## *Autumn*

上個月樹木穿起翡翠綠的長袍，

上星期在流蘇上沾到一點點銅色，

昨夜我看到斑駁繽紛的鮮紅

粉紅、紫紅、橙黃、乳黃

各色嘗試與他色爭豔

顯示迷人的光彩，

在我腳下形成受傷的英勇隊伍

多彩的絨氈。

如何形成彈性的舒坦絨氈，

如何在我腳踩下震動！

如何或急或徐地歡迎

且傾瀉其笑容又溫柔又甜美！

我猶豫的心受到

純真魅力的引誘，

我疲累的四肢在塗抹

其悅人的香油復現矯健，

我躺著，傾聽風的搖籃曲，

直到清晨的鑽石光芒

扎到我的眼睛。

# 冬　景
# *Winter Scene*

歲末

樹葉進行罷工——

落葉蹲在地面

裸枝看來

孤寂、哀傷！

為其困境

冬天迸出眼淚

淚水滾成仙女樣

緊抱住裸枝。

此情此境

讓大家眼紅——

無情的太陽

因嫉妒而發燒

招來大隊光線

像水銀下瀉。

光線隱隱前進

射出小箭

像玩飛鏢遊戲！

太陽以幼稚嬉謔為樂

忘了復仇，參加演出；

啊，表演精采

以堂堂魅力

震撼觀眾！

# 莫斯科冬天　之一
# *Moscow Winter I*

我四周圍

在無葉的樹幹上

大自然的奇蹟

用雪的幻想打造！

精采的型式——

有人，有超人

有鬼，有妖

有長，有寬

有直，有斜

超群的雕塑

惠我無聲的邀請！

但願我能擁抱它們。

我眼中的冠冕

一個比一個可愛
又美又嬌。
我貞潔的心
已經嫁給了大家
我渴極的眼飲盡一切。
然後，微醺的我
入迷、飄飄然、起舞
在滑雪中摔跤。

# 莫斯科冬天　之二
## *Moscow Winter II*

我的心思

固持以往放縱的青春

如今已不再。

在雪堆裡噓氣的

成熟之美

攪亂我恬靜的心中

裸冰耀眼的光暈

激發騷動我的每一方寸。

眼看光線親吻雪地

多麼令人陶醉

風向雪熱情求愛的

呼喚多麼強烈。

遊牧般飄蕩的花卉

躲在雪的搖籃裡

倦於漂泊的樹葉

成排熟睡了

笑臉安詳的大地

憐愛大家

哼著溫柔的

催眠曲給予安慰。

多麼壯麗的幸福之海

多麼超自然的太空朝聖之旅

多麼美妙傳送——

時代的訊息！

# 當代佛陀
# *Contemporary Buddha*

被所謂社會精英詛咒

被命運的殘酷強風襲擊

被族人無盡的需索困擾

被家裡經常爭吵折磨

被為生活苦苦掙扎凌虐

被朋友不息的詐騙壓垮

他立定目標

鑽過無盡艱辛的泥濘

終於出頭了。

一位活生生的聖人！

# 死　亡
# *Death*

他說「死亡是大侮辱」，

朋友們都笑他。

他們搞不清什麼是死亡。

以為死亡是靈魂飛走

丟下臭皮囊。

但那僅僅是解脫！

死亡是人間悲劇

信用腐蝕了，

信仰動搖，

愛背叛，

希望破滅，

生命徒然存在！

*古傑瑞*

你計算天數

等待末日，

時鐘寂靜無聲，

指針已停止。

你死在一時

千次死亡

可是沒有解脫！

# 〔日本〕多喜百合子
# Taki Yuriko, Japan

出生於東京，現居茨城縣牛久市，離日本核災發生地的福島僅110哩。詩作品一向關心原爆、戰爭與和平的議題，被選入《世界原爆詩集》（角川文庫）、《我的革命廣場 》（詩潮社）、《日本原爆文學全集》（ほるぷ出版社 ）、《大屠殺》（與猶太醫師Ernesto Kahan 合著，日本圖書中心）。熱心國際詩交流，在美國、澳洲、巴西、中國、韓國、蒙古、希臘、俄羅斯、法國等發表作品，或選入詩選。獲多項國際詩獎，包括希臘、阿根廷、韓國、美國等。現為國際作家暨藝術家協會（IWA）、國際和平文學與文化論壇（IFLAC）、世界詩人會（WPS）等會員。

# 假　使
# もしも——

假使我知道明天會死

現在要做什麼？

明知廣島、長崎事件的日本人

還會縱容允許核能發電

是深中金錢的毒。

到貧窮地區

去撒錢。

沒有那些錢

似乎就無法過日子。

在金錢涮涮鍋當中

窄小國土建立54座核能發電廠

日本隱藏著核子嚇阻力量。

靜悄悄。什麼都看不見　聞不到。

秋晴氣爽。

災變後立即

發動巡迴安全宣傳活動。

　逃　不逃

　吃　不吃

　洗衣物外曬　不曬

　面罩戴　不戴

時時　刻刻被迫做判斷。

別笨啦！

被政府拋棄啦。

暴露於放射線啦。

我們變成實驗的白老鼠。

地球上何處有

殘殺自己同族的生物？

唯人類而已。

# 春天已逝
# *Spring Has Gone*

（福島核能發電廠災變後即刻）

發生災變前一年，1985年春天拍的照片
卡笛雅的父親、母親、哥哥，笑得很開心。
大河兩岸羅列著剛發新芽的樹木。

由於無法忘掉一切
為了長活下去，一秒也不捨

所以來到日本
想聽聽日本人給她答案
我到底應該怎麼辦

卡笛雅是在車諾比核災[1]時
遭受到輻射感染的一歲嬰兒

多喜百合子

我初次見到卡笛雅時
她十六歲，對我說：
趕快！趕快！

卡笛雅常常會
發高燒、疲倦
間隔愈來愈縮短。

2011年3月11日
福島核電廠四部機組有三部熔毀。

盛開的櫻花，一陣風，統統散落。

廣島、大阪、卡笛雅的車諾比[1]、福島

從此每天有多少人死去。

第二代、第三代也死了。

都是同樣的原因。

[1] 蘇聯烏克蘭車諾比核電廠災變發生在1986年4月26日。

# 是核能完啦？還是人類？
# ゼロになるのは核ですか　それとも人間ですか？

（福島核能發電廠災變後六個月）

福島小學生和中學生都在問
——我能活到幾歲？
——我能長大成人嗎？
——我長大後，能生正常的小孩嗎？
——發電給東京人用，為何福島小孩要遭殃？

通告發到學校教導「核能發電又安全又清潔！」
如今學童要直接質問教育部官員。

答覆是一再重複「會盡力而為」。

十一歲男孩嗆聲說：
——答非所問！
——怎麼大人都不聽聽我們的聲音？

抱著嬰兒的年輕母親
問醫師：
——這孩子壽命會比我長嗎？

老年人自殺了。
長期擠沙丁魚睡在避難所體育館地板
身體挺不下去了。
遺書說寧願避難到墓地去。

3月11日福島核災過了六個月還不知如何收拾。
甚至四部機組繼續在不知何時會到達臨界的不安
　　定狀態。

卸下面具暴露核能發電毒性的真面目
放射線繼續吐向空中　大地　海洋。
為了不使災情廣為傳播
東京電力公司放下遮眼的窗簾。

福島孩童說：
——不要說是「死城」
我們還要在此活下去。
——不要求神
停止核能發電　是始作俑者的人類責任
終止世界上核能發電　是你們大人的任務。

福島孩童質問：

——繼續暴露的世界　還有希望嗎？

——是核能完啦？還是人類？

現在連幼稚園生

都知道放射線這種難懂的話。

「不想死呀！放射線再見！」

# 冬　柿
# 冬の柿

（福島核能發電廠災變後十個月）

日本農宅庭院必定植有柿樹
即使不加修剪
入秋　滿枝掛著彩霞般
熟透的果實。
日本典型的風景。

農忙中抽空採收柿子
懸在簷前曬成柿乾。
是漫長冬季裡自製的甜食。

秋末
柿樹褪盡全身葉子

光禿禿的黑枝
進入冬眠。

今冬變樣了
強制撤離的災區
柿子未採　留在枝頭。

像大朵盛開的花
在杳無人跡　雪白的銀色世界
燦爛輝煌。

這些熟透的柿子
標明日本政府在地圖上劃出
看不見的放射線污染境界。

多喜百合子

# 為了活下去　給我們正確的資訊吧
# 「生きるため」に　正確な情報を

（福島核能發電廠災變後一年）

我接到癌症報告

詳載檢查結果。

我和其他醫院的醫師和藥劑師

討論診查照片和數值。

為了活下去

自己選擇治療方式。

我接受手術

有許多副作用的抗癌劑治療

放射線治療

面對未來的挑戰。

在福島

為了「免引起不必要的恐懼」

隱瞞「真實危險」「潛在危險」。
當時若是立即宣布
爆炸釋出的放射線隨風向落塵處
迅速用碘劑供孩童服用
孩童現在也不會那麼害怕吧。
年初孩童個個合掌祈禱
今年一年希望能活下去
今天一天希望免於恐懼

福島核災經過了一年
仍然無法終止放射線外洩。
迄今還有處變不驚的大人
大言「福島已安全，大可放心」

「福島縣內大部分放射線劑量
已降到比歐洲大半主要城市低」
「幸而沒有因核災直接肇禍死亡者」[1]
因暴露於放射線引起甲狀腺癌
在四年後才會顯現
其他癌症要等10年、20年才發作。

從編列預算
透示各國施政方針。
日本今年核能發電推廣預算
與去年大略相同。
是核能大國美國五倍多　超過法國七倍
晉階到世界第一。
有人說是隱藏著軍事用途。

如果　當時醫師

　不告知罹癌　為免引起不必要的恐懼

　也不告訴我病名

　不讓我知道檢查結果的數值

　繼續說安啦　安啦

我就放心不管　一定不會活到現在

頂多倖存一年半載到兩年。

他們對我說明後續的危機

為減少危機的發生

自己應採取許多預防措施

全部知識灌輸給我

如今撿回一條命

恢復工作　衷心感戴。

當前　首要的任務是

讓福島的孩童長大成人　無一折壽！

就要

把放射線擴散狀況

食品等所含放射線數值等等

正確公開　毫不隱瞞

以減少自身、家庭的

暴露總劑量

活下去。

聲稱福島安啦的大人們
聽聽孩童要「活下去」的聲音吧！

福島已沒有孩童會說將來要「成名」
要「成為富翁」，只想「活下去」！

---

[1] 摘自福島縣立醫大醫學院長大戶齊（Dr. Hitoshi Oto）1912年1月26日朝日新聞科學欄所載。

# 核能發電與人類
# 原発と人間

福島四部核能機組

競相狂噴毒氣　熱中於肆虐。

澆水退燒產生污染水。

強烈放射線當關

使澆水徒勞

若放手則更不可收拾。

災變造成放射線大增　超過極限

暴露的作業人員乘車撤離

放下車窗布簾遮住媒體照相機。

電視新聞只報導

A氏40年代男性、B氏30年代男性

從暴露量超出國定限度之日起
人名和臉孔都隱匿不報。

人的工作
只憑暴露於放射線劑量單位
做為評價標準
這樣令人心寒的世界。

達到限定量的核廠作業人員
立刻解僱　視為無用之物
等於廢紙箱。

就像用過一次就需丟棄的
放射線防護衣一樣。

即使在安全運轉的核能發電廠
檢驗人員也無法避免少量累積暴露。
核能發電不能忽視
從原料鈾的採礦開始
一直
總有人繼續受到暴露。

核能發電不能幫助人類
反而以放射線造成毒害。

# 宛如華沙
# ワルシャワのように

冰融化了
維斯瓦河[1]岸邊
出現鳥的足跡了

這是華沙之春

我見過一張
1945年華沙市街的照片
只有單一灰色
倒坍的建築和人都蒙上灰塵
單一灰色
陳屍的街頭
人和馬都蒙著灰塵單一灰色
活人死人也是單一灰色

如今看到的華沙

回溯灰色時代以前的歲月

紅磚牆壁斑駁

裂痕

也

完全是毀於戰火前的

華沙模樣

循毀滅前的地圖沿路走

有麵包店

有花店

很像當初　當初的原樣

不見了的是

1944年8月1日抗暴殉難的人民

從下水道露臉

就被槍殺的年輕人

株連的死難者　為數15萬到20萬

縱然如此

倖存下來的人

堅持

要把街道

毀損的街道

完全按照原貌重建

靠著大家的記憶

燃起信念

要精到建築細部

連油漆斑剝的樣子

磚脫落的樣子

讓為爭取自由勝利而喪命的人民

不會遺忘

翻新的建築

卻是

全然恢復舊觀的市街

被指定為世界遺產

看到30年前的喀布爾照片

在翠綠濃蔭下

有美輪美奐的王宮

在公園　噴泉噴出彩虹

圖書館藏書豐富

耕地迎接豐收的秋季

如今的喀布爾

單一灰色

滿街瓦礫

變成世界最窮國之一

如同1945年的華沙

重建吧

恢復往日的繁榮

絲路貿易重鎮

重建吧

把世界遺產層級的建築

處處可見佛像的市街

恢復30年前的喀布爾

當時的風光

強國逐一入侵

投下炸彈　不是糧食

推銷武器　不是醫藥品

唆使阿富汗人彼此戰爭

使全國一片荒蕪

熄滅了一切希望

展現不屈服的志氣

想想30年前的喀布爾

追蹤一點一滴的記憶

重建　像華沙

再度成為繁華城

我們對於

他們重建的努力

那種信念

樂於看到喀布爾
被指定為世界遺產

那麼
世界各國人
都會造訪阿富汗吧

如今宛如華沙
宛如爭取自由勝利的華沙

[1] 維斯瓦河是波蘭最大河流，從羅馬尼亞北部的喀爾巴阡山脈，經克拉科和華沙，流入波羅的海，全長1087公里。

# 有　幸
# 幸せ

在奧斯維辛

進入集中營的人

還在有幸呢

雖然名字取消了

變成一個號碼

倖存一兩個月後

進入死亡人數當中

納粹軍醫向右揮手

指往焚屍爐方向

老人、病患、孩童

稍微體弱者一律向右走

「好好休息！沖沖澡！」

以溫柔體貼的聲音

引導走向毒氣房

集中營人滿為患時

「到那邊房間休息吧！」

還是溫柔的話

指向毒氣房

*

原子彈投下後

屍體尚存的亡靈

算有幸

形體化為烏有的人

到如今

還不能計算入

死亡人數內

全家　全村

消失無蹤時

還有誰能去搜尋

# 去世的兒童
## ——遙寄廣島
# 死んだ子ども
## —ヒロシマにむけて—

蝙蝠振翅的聲音

媽媽

那是　我的敲門聲嗎

天空出現了大窟窿

媽媽

那是　我的身體飄散時

雲受到灼傷的疤痕吧

天皇陛下的祈福聲

那是

我的鬧鐘

絕對不讓我睡覺的
吵鬧聲

媽媽
妹妹們在我頭上
遊戲
我眼裡
有一株草
就要長出來啦

我的眼睛
早已喀喀枯乾了
媽媽

我　再也

不哭啦

# 不是報復
# 報復ではなく

911 對美國同步恐怖攻擊後
倖存的家庭都不希望
有報復的舉動。
不是報復，和解
也不是國家對國家
而是希望人類彼此理解與和平。

廣島、長崎原爆受災的人
66年間一次都沒說過報復的話。
說是「自己倖存，心生慚愧
想到瞬間消失的眾人
橫七豎八死去，真難受」
幾乎陷入沉默無語。

多喜百合子

最近好不容易
開始稍有話講，不外
「這種恐怖經驗，但願我是最後。
地球上不要再有同樣的受難者。」

那一天
熱到太陽的十倍。
爆炸每平方公尺35噸的壓力
把兒童拋向天空
掉到地上，摔得粉碎。

離爆炸地三公里處

臉熔掉了

頭髮落光了。

行人

不分男女

皮膚像女用長手套

垂落下來。

馬蹄達達

揚聲奔馳

驟停　猝死。

酷熱難耐　躍身河裡。
陳屍水面　膨脹成筏。
想要泅到對岸的人
和屍體共沉河裡消失無蹤。

倖存者
體內感染輻射線
影響基因出現染色體異常。
骨質疏鬆了
白血球數一直怪異。
據說
每四人當中有一位
曾經想到自殺。

給倖存者光明吧！

罹患外表不顯的病人

傾聽他們的證言吧！

理解他們

只有在病歷中才看得到

實況的痛苦吧！

面臨的

不是國際間的議題

而是人類彼此間的議題。

廣島、長崎原爆受害者

懼怕結婚、生產

繼續禍延子孫

然而

所有陣亡者及其遺族

不是報復

但願人間不再發生這種慘事。

# 〔紐西蘭〕菲律浦
# Hilda Phillips, New Zealand

住在奧克蘭，為紐西蘭活躍的女詩人，常在國際詩刊發表作品，1976年與Barbara Whyte 創辦紐西蘭國際作家工作坊，1985年又合辦《詩歌》（*Rhythm & Rhyme*），向譯者邀稿而結識，並透過其介紹，與許多國家詩人交往。由此結緣，熱心照顧台灣到紐西蘭的留學生。譯者曾譯其詩16首，大多刊於《笠》，並收入《李魁賢譯詩集》（2003年）。

# 精神分裂症
# *Schizophrenia*

我的生命是多層樓房

同時居住

種種層級的人

妻子、母親

管家、廚子

速記員、女侍

不會分開住到

不同的公寓

卻經常闖入

女人的私密性

在社會功能上

作家是不速之客

博取意外橫財

創造竄紅的人物

在車上，詩人是乘客

卻控制交通號誌

直到綠燈亮起

司機來接管

而始終只有學生

求知若渴

到處追隨不懈

如此坎坷的生活

破壞了忠誠

只有在我睡眠中

才回到自我

# 最後的葉子
# *The Last Leaf*

我的手在月曆上

躊躇不定

從時間撕下另一月份

像秋天最後的葉子

緊附著樹枝

十二月是年輪上

最後的葉子

已有許多年輪的我感歎

不是惋惜時間流逝

而是因為來日不多

餘生不夠讓我

完成想做的一切

半夜高音喇叭呼叫

希望，而新年接待員

在數不盡的月份裡

我還沒有開始呢

# 你不在時
# *In Your Absence*

季節經過時

無聲無息

我叫你

和你的名字

時間軌道

監督著

沒有回應的

靜默。

我依然叫

叫了又叫……

你的名字迴響

穿過灰色

無形的白天

當希望

躲開我，

牽扯夜晚

當夢

困擾我

而流星的回憶

撕裂睡眠

留下我

固執於世

錨碇在

現實。

# 學到的功課
# *Lesson Learned*

是妳，我的女兒

以妳的科學教育

教導我

物質不能創造

也不能毀滅

學到的功課

證明是一把鑰匙

打開我知識的

大門

即

男人只是神的能量

製成的證件

選擇權在我們：

正面或負面回應

我們內心神聖的原意

# 母親的遺訓
# *My Mother's Legacy*

我在生命的岸邊遊戲

忘了侵襲而來的海

快樂堆砌的城堡

建在潮溼的沙上。

我沒注意逝去的日子

也沒留心滑過的歲月。

直到，不知不覺，一陣浪潮

把我吞沒，我掙扎在

颶風席捲的海上。

粗暴洶湧的巨浪

掀起、摔落、強吸，

我還沒學會游泳

無法保持漂浮。

千鈞波濤逼出

我微弱的求救呼號。

此時像拋上岸的海草

我聽到妳的回應

被時間的退潮捲走：

浪拍的礁岩矗立不移

儘管狂潮起起落落。

# 不要説抱歉
# *Please don't Apologize*

那時我一心一意

逃離太陽

炙熱的海上

回頭看到

你跟著我。

全世界的祕密

都在你的笑容裡

而你的眼神

已沒有保留透露給我。

我步伐蹣跚

心跳動

非常激烈

菲律浦

似乎世界已停止

在等待——

等待你

走近我。

而我……

我還在等你。

# 銀　婚
# *Silver Wedding*

草上冷霜
反射太陽
綠火舞蹈
血液沸騰

清脆微風戲弄
慘白的冬日陽光
記憶融化
濺溼快樂的動機

似此珍珠時刻的日子
青春的戀愛時尚

熬過季節

無以倫比的時間

# 重複演出
# *Repeat Performance*

都過去了……

都過去了……

火車呢喃聲中

車輪隆隆轉著

回憶

被敲打

玻璃窗上的

雨聲攪亂

窗映出

愛人的形象

解不開的情結

在豁然的克制中

解開了：

讓我們再試……

讓我們再試……

讓我們再試……

再……再……

# 海的浪花
# *Sea Spray*

傷心人哭哭啼啼

　　　　想要安慰我。

但我的損失

　　　　無限大，

淚已流乾。

　　月亮

　　管束

　　我悲

在海的浪花中

　　　　傾注於洶湧波濤。

或許無形中有一天

　　　　我的悲傷會消失。

　　我望

　　高處

　　且看

雨洗過的天空

　　　　深知我們會重逢：

磁月和浪潮

　　　　在無盡的歲月擁抱。

# 藝　展
# *Art Exhibition*

生動的線條圖案

照亮內向思域，

火焰搖晃在

橙黃色膠漆裡。

洗掉葉綠素的

豌豆湯翡翠，

滲透帶來

謙遜的平靜

堅硬的三角形

讓眼睛歇息。

獲得靈感的藝術家
由豐富的色彩子宮
使此風行起來，
渲染在純白畫布上

基本的四度空間
形式震撼了觀賞者
像驚嚇的馬匹
後退防衛舊習慣。

# 〔羅馬尼亞〕波佩斯古
# Elena Liliana Popescu, Romania

1948生於羅馬尼亞，數學博士，執教於母校布加勒斯特大學。1994年以詩集《給你》（*Tie*）登上詩壇。接著出版《思想間的版圖》（*Târâmul dintre Gânduri,* 1997），《愛之頌》（Cânt de Iubire, 1999），《歌頌存在》（*Imu Existentei*, 2000）和《朝聖》（*Pelerin* , 2003）。《如果》（*Dacâ,* 2007）一書只有一首詩，卻收 26 種語言譯本，其中漢語由李魁賢所譯。2006年參加尼加拉瓜的格瑞納達國際詩歌節，與譯者結識，即開始互譯作品。漢譯詩集《愛之頌》（2010年）和《生命的禮讚》（2011年），由秀威資訊科技股份有限公司出版，她也把李魁賢《溫柔的美感》（*Frumusețea Tandrețe*i）和《黄昏時刻》（*Ora amurgului*）詩集譯成羅馬尼亞文出版。

# 找到你時
# *When you are found*

海洋的自由受到海岸約制，

最漆黑的幽暗仍含有光，

靜寂的陸地怕洶湧的浪濤

退潮時只留下未來的世界。

在你不朽之後一切似乎空無，

在此無聲的絕望中世界寂然。

不幸本身擁有著幸福

在你謙卑，要離開世間之時。

被壓抑的妄想隱藏真理

在你離去時才會澄清

而今天不過是鏡花水月

在找到你時卻變成永恆……

# 只有透過實存
# *Only through being*

我知道，只有透過沉默

你可以說出真理。

也知道，只有透過死亡

你可以真正活著。

我知道，只有透過痛苦

你可以克服苦難。

也知道，只有透過損失

你可以維持勝利。

我知道，只有透過愛

你測試存在。

也知道，只有透過實存
你可以變成自由。

# 不可能
# *The impossible*

我並不隨時有靈感

去描述祢的偉大

可是當我有了靈感

我知道那是無法描述的……

我並不隨時有靈感

去塗繪祢的影像

可是當我有了靈感

我知道那是無法塗繪的……

我並不隨時有靈感

去歌詠祢的榮光

可是當我有了靈感

我知道那是無法歌詠的……

# 生命的禮讚
# *Hymn to Life*

**1**

我們從記憶的海
永遠渴望著海
我們從水平面的遠方
渴望著遠方

我們從憶念的天空
永遠渴望著天空
我們從自然界的無常
渴望著無常

我們在已誕生中
渴望著未誕生
或者在已知當中
渴望著未知

**2**

你心中存在詩人
你心中，有詩篇
你心中存在先知
你心中，有預言

你心中存在聲音
你心中只是沉默

你心中存在思想
你心中從未想過

你心中在探索
你心中莫測高深
你心中有疑問
你心中存在答案

**3**

無不改變之事
無不持久之事
無不被發現之事
無不學無術之事

**4**

記憶藏在

所有未知的人當中

不朽藏在

所有失去的人當中

在被遺忘的事物裡

找尋真理

唯有祂對所創造的

一切全知

# 只有一首歌
# *Only one song*

只有一片花瓣

包裹宇宙

只有一位處子

給詩歌長出翅膀

只有一次探索

招呼朝聖者

只有一樁事件

遭遇到命運

只有一回注視

尋求無限

只有一場回憶
堅持不屈服

只有一度復活
保存人 性
只有一筆財富
對自然沒有負擔

只有一項本質
生命活在大眾裡
只有一遍缺席
使我們完整無缺

只有一條途徑
引導你走向自己
只有一個問題
含有活生生的答案

只有一種思想
把門開向自由
只有一首歌
讓所有體驗飛翔

# 意外的弦音
# *Unexpected chords*

你觸到痛苦的鍵

發出你所不知道的

奇異和聲——

意外的弦音

在感情的交響樂裡

受苦出聲的福音

以最不尋常的形式出現

你繼續學習

仍然愚昧無知

你必須要有更多考驗

你是小提琴、弓

和隨旋律抖動的手

你是作曲家

*波佩斯古*

靜靜養在心靈中

然後發出

苦難的產聲

你是激動的聽者

傷心的歌

觸及你的心弦

你是陌生人

接待自己像老朋友

你是心靈的聲音

重新發現

你還不知道的事物

# 綿綿無盡
# *Endless*

首先經過的

是夏天

你深愛的季節

有光線、強烈色彩

而且陽光明媚

在那安靜的日子後

不必再度會面

雖然雙方

愛慕使我們憔悴

而金色秋天來臨了

飄揚柑橘、蘋果、

水梨、葡萄的芳香

飽滿大地甜味

天賜熱氣

受惠於剛過的夏季

然後，秋天

遠行旅遊

歸來了

你欣賞風景的季節

稍稍帶著悲傷

仍然富有森林的

腐植微妙氣息

秋天也緩緩消失了

我們不再散步於

收穫期那種太陽

溫熱過的小巷

我們不再回憶
海上不息的藍綠
像我們最後旅行那樣
在那難忘的夏季
（如今似已遠去）
我們還不明白
這一輩子擁有的
不會再來

不知不覺當中
冬天就這樣來到
寒冷卻晴朗
彷彿在歡迎你

像似希望的

粗綠的新生季節

就讓位給看來

正要開始的夏天

冬天永遠不會結束

像破開的傷口

在綿綿無盡的治療

過程中堅持著……

# 旁觀者
# *A spectator*

表演已經開始

幕啟

沉默旁觀者

坐在幽暗大廳裡

表演繼續

演員表現出色

激動旁觀者

感同身受

表演已經結束

幕落

沉默旁觀者
坐在明亮大廳裡

如果沒有
沉默旁觀者觀賞
哪會有角色活躍的
演員

如果沒有
沉默旁觀者喝采
哪會有創作劇本的
作者

# 臉
# *A face*

你看到自己過去的臉
好像當時的人
在尚未誕生的未來
看到來世的一張臉

而他從逝去已久的紀元
發現其中保存的希望
在永遠不會說出的思考
所竊取的時刻裡陶醉

以只是隱約的知覺
在尚未創造的世界裡
從幽暗的遠方一直
看到還未衡量的今天

*波佩斯古*

在其他時代的臉上
當他完成夢想時
偶而似乎會漸漸
提醒他另一張臉

自從其他時代
很久以前呼喚過他
在暫停的瞬間
是那位被遺忘的人

看到他過去的臉
正如昨天的人

在尚未誕生的未來

看到來世的那一張臉

# 一首詩
# *A single poem*

全世界所有的詩

只是一首詩

是人在冥想

人間條件：

革命、詐騙

妄想和覺醒

真實或想像受難

似乎同等強烈

試圖脫離無力的死巷

遲疑、等待、傷心

緊張激動，以迄忘形

掌握本質的敏感區

希望在我們心中
有普世的教化

一首歌，像一條河
生命之水，賦予生命之水
把接受的愛回贈
我們可以把愛給予
在心中藏得住的人們……

# 〔美國〕蘇勒
# Ruth Wildes Schuler, U. S. A.

1933生於美國麻州塞勒姆（Salem），舊金山州立大學文學創作碩士，在全世界各國發表超過一千首詩、短篇小說、文學評論、書評，包括對李魁賢的評論和書評，在印度發表。其作品被譯成16種文字，主編國際文學雜誌《先知之聲》（*Prophetic Voices*）前後11年，也編過多種詩選，包括在蘇格蘭出版的美洲本土詩選，並創辦 Heritage & Trails 出版社，印行許多詩集。著有詩集《砂和海的朗誦詩》（*Rhapsody of the Sand and Sea*, 2005）等。2005年來台參加高雄世界詩歌節，撰文在傑克·倫敦等創辦已有百年歷史、會員千人的加州作家俱樂部通訊報上廣為報導，並在印度發表英文《福爾摩莎之星——李魁賢評論》書評。 另出版描寫俄羅斯革命的小說《狂潮》（*The*

*Turbulent Tide*, 2010），以及短篇小說集《野性是鷹夢》（*Wild is Hawk's Dream*, 2012），甚獲好評。

# 情繫陸海

# *Tying the Threads of the Earth and the Sea*

波浪輕舐

亞洲海岸，

狂風如今遠颺

越過水平線。

鯡魚幫

循游

新英格蘭海濱，

彩虹脂鯉照亮離開

墨西哥岸邊的海面，

大群鮭魚

從海洋奪路

到太平洋岸河流。

海孕育寶藏

讓人活在陸地封鎖的樂園有營養，

以川流不息的美麗季節日照。

在海洋內部，

強大的毛象鯨

以體型和優雅取勝，

其表兄弟海豚

舞著自己靈感的傳說。

縱然只有人會冒險

出海、上太空，

以知識和愛

藉單一的詩心交融

統合一切要素。

# 大灰熊[1]
# *Grizzly*

大人怕你但小孩
帶著你的形象上床。
嗜蜂蜜的你蹣跚
遲鈍踩過春天落葉
在深山裡長眠
醒來後神經兮兮。
你龐大的身軀尋覓
淺灘找鮭魚
伶俐逆河洄溯
你用比魚鉤更銳的
熊掌猛揮，劈開水流
撈取久待的大餐。
可是人在追捕你！

獨行勇士徜徉

在林中編織足印

於新春草地

你魁梧的體格

連滾帶跑韻律般馳過

以緊密的毛皮

抵禦季冬的寒風。

儘管勇敢卻已筋疲力盡！

你擺動步伐越過

冰凍高原小徑

伸入阿爾卑山溪流抓鱒魚

踩踏冰河磨光過的

岩石，採擷太陽上架的

天空底下之漿果。

巨大的神明抵抗滅絕

但被逼愈來愈趨近

你在天庭的

神聖大熊座表親。

---

[1] 此詩獲2001年全美葡萄園詩獎大獎。

# 在漩渦邊緣[1]

# *At the Vortex's Edge*

老練的水手站在船首

諦聽海的交響樂——

波浪、海風、遠方雷鳴

綿綿無盡的朗誦詩

只受到船螺和霧笛干擾。

海飛濺起古舟子

呼吸過的芬芳

然後抬起眼神

眺望無數的星座

在夜幕傘蓋下閃爍。

痛苦的海浪緊張他青銅臉色

因為今天有一位伙伴下葬

施肥於海的花園

他的遺體與珊瑚、海膽
鯊魚骨、海藻、海草
以及沉船柱廊同在。
驟起的黑旋風扯斷索具
接著宇宙的海流
猛襲快船。
家遠在天涯，趕緊穿上
英勇外套，操作舵輪
右轉朝向神祕的版圖
明知自由永遠在所有海上
勇士的心坎裡。

---

1 此詩獲2002年全美葡萄園詩獎首獎。

# 傑克·倫敦[1]
# *Jack London*

風吹散髮的瀟灑少年
在牡蠣地下工場作苦工
十七歲上捕鯨船充當水手
然後到阿拉斯加黃金礦場
在此挖掘、淘選，回家帶著
誇張故事的貴重金塊照亮
遠方國度寒帶風土的人民

循著軌道，共享流浪漢的營火
生活在倫敦街頭的《深淵》
前往南太平洋
你在此賺取更多財富
痲瘋病人、原始島民的故事

以及亞洲禁慾祕術輪廓
認清沙洲、船舟
和真理的荒蕪陰影

無盡止的動蕩，和諧的聲音
發光的通道走廊
語詞的旋律，思想的漣漪
茉莉花之美充斥在
你眾多書的字裡行間
那麼多書壓榨了
你的有限時間，四十而逝
但留下豐富遺產
短篇故事、小說、航海傳奇

啟蒙並愉悦未來的世代

你確實編織出

世紀的永久錦繡

---

[1] 此詩獲2003年全美葡萄園詩獎首獎。
傑克·倫敦（1876-1916），美國小說家，著有《海狼》等小說，描寫倫敦貧民區的報導文學《深淵的人民》等。

# 伊拉克沙漠[1]
# *The Iraqi Desert*

在沙漠風景下方發亮
坦克有節奏地
滾過沙漠。
黎明時，一隊駱駝
自由徜徉在炙熱太陽的背景
看似被遺忘的行軍隊伍。
難民出來尋找飲食
向士兵討
踏過躺在沙地下方已經
化石的骨骸旁。狂風起
打擊並摧殘自古以來
在神祕的移動粒子上
所有活動的生命。

單純而犧牲的歷史

始終被連續

騷動的沙所塗消。

往日文明的祕密幾何形拼貼

已像巴比倫埋葬。變動不居的顆粒

每次改變，就把沙漠偽裝

時間的進程，抹消了

人、牛、羊的通路。那是導航

和掩護旅行到墓地的

異鄉人的垂死掙扎。

因此，雖然人會過去

只是暫時的行旅

而沙漠本身

仍然永遠無始無終。

---

[1] 此詩獲2003年全美葡萄園詩獎大獎。

# 路上的難民
# *Refugee on the Road*

九十年的生命和戰爭

從他身上跨過了。

他坐著被記憶撕裂

面前都是殘骸。

明天會有更多死亡

那麼多游擊隊

那麼多政府軍

那麼多平民……

一直都是這樣。

人沒有改變

時間繼續流動

時刻穩定消逝。

老人坐著

望著遠方的眼神

尋找一處空間

讓人、動物

和小孩不會死

或至少不會死太快。

他看過太多眾生

他的腳在瓦礫間流血

他的心痛苦而破碎……

明天唯一的希望是

不要下雨。

## 墓地幻思
## *Graveside Reverie*

在我走到人生

長途旅行的終點

才感到需要蒐集

我的作品。

我的小說如今

已裝訂成冊。

正收集短篇故事

其次是我的詩。

我喜歡想像

某一天我走了

有一位年輕蒙古詩人

在日出時坐在

蒙古包外面

用他的語言念我的詩

在印度有一位學生

念我的短篇故事

用印地語、孟加拉語

或烏爾都語，還有

在台灣有人讀我的小說。

我的文字是我

生命的遺產

我回憶的彩帶

是印在時間牆壁上

亮麗的馬賽克。

我曾經看過

一位年輕的日本作家

把他翻譯的傑克·倫敦作品

放在倫敦的墓上。

真的

印刷的文字

比花

還要持久。

# 夜半一支筆
# *With a Pen at Midnight*

我狂熱地往下挖掘

到深處，試圖

擠出幽暗

奇異、美妙

湧動入

燦爛的詩裡

以和諧和激情

吼出，

但今夜我的視力

陰翳昏蒙，

從內在幽影出現

淒涼、苦澀、嚴酷的形象

擊垮我的寧靜

逼我放棄

追求創造欲望

直到曙光親吻大地。

# 跨越海神王國
# *Across Neptune's Realm*

（參加高雄2005年世界詩歌節有感）

漩渦的海水

在閃耀星辰下動蕩，

銀光投射到

又安靜又狂風的波浪上。

在海床

幽暗的深淵下

寶藏從海岸湧到另一海岸——

有貝殼、岩石、珊瑚。

海洋上也有

移民

從港口到另一港口，

攜帶智慧、理解

和友誼的財富

從國家到另一國家。

海陸合鳴

成完美的和諧。

# 應　和
# *Correspondence*

這是自由的領域

雖然有些漩渦

有些大魚會吃小魚

——摘自李魁賢詩〈盤中魚〉

堅毅黑眼珠的

語言勇士，

夢寐著獨立的

學者

一如台灣的命運，

但食火的龍

朝北方

噴黑煙於
自由的遠景。
你每天清晨
黎明即起
穿詩人袍
在詩稿上宣稱
你要——
「努力學習聽
　歷史的聲音」[1]。
但夢想有時會黯淡
面臨強權的暴風雨。
你的聲音依然激昂
呼喚人民始終

在正義和真理的

旗幟下邁進。

---

[1] 引自李魁賢〈貝殼〉詩句

語言文學類　PG0932　名流詩叢18

# 世界女詩人選集
# An Anthology of World Women's Poetry

編 譯 者 / 李魁賢（Lee Kuei-shien）
責任編輯 / 黃姣潔
圖文排版 / 彭君如
封面設計 / 秦禎翊

發 行 人 / 宋政坤
法律顧問 / 毛國樑　律師
出版發行 / 秀威資訊科技股份有限公司
114台北市內湖區瑞光路76巷65號1樓
電話：+886-2-2796-3638　傳真：+886-2-2796-1377
http://www.showwe.com.tw
劃撥帳號 / 19563868　戶名：秀威資訊科技股份有限公司
讀者服務信箱：service@showwe.com.tw
展售門市 / 國家書店（松江門市）
104台北市中山區松江路209號1樓
電話：+886-2-2518-0207　傳真：+886-2-2518-0778
網路訂購 / 秀威網路書店：http://www.bodbooks.com.tw
國家網路書店：http://www.govbooks.com.tw

2013年2月BOD一版
定價：250元

國家圖書館出版品預行編目

世界女詩人選集 / 李魁賢編譯. -- 一版. -- 臺北市 : 秀威資訊科技, 2013. 02
面； 公分. --（語言文學類 ; PG0932）（名流詩叢 ; 18）
BOD版
譯自 : An anthology of world women's peotry
ISBN 978-986-326-067-7（平裝）

813.1　　102001938

# 讀者回函卡

感謝您購買本書，為提升服務品質，請填妥以下資料，將讀者回函卡直接寄回或傳真本公司，收到您的寶貴意見後，我們會收藏記錄及檢討，謝謝！如您需要了解本公司最新出版書目、購書優惠或企劃活動，歡迎您上網查詢或下載相關資料：http:// www.showwe.com.tw

您購買的書名：________________________________

出生日期：________年________月________日

學歷：□高中(含)以下　□大專　□研究所(含)以上

職業：□製造業　□金融業　□資訊業　□軍警　□傳播業　□自由業

□服務業　□公務員　□教職　□學生　□家管　□其它_____

購書地點：□網路書店　□實體書店　□書展　□郵購　□贈閱　□其他

您從何得知本書的消息？

□網路書店　□實體書店　□網路搜尋　□電子報　□書訊　□雜誌

□傳播媒體　□親友推薦　□網站推薦　□部落格　□其他__________

您對本書的評價：(請填代號　1.非常滿意　2.滿意　3.尚可　4.再改進)

封面設計____　版面編排____　內容____　文／譯筆____　價格____

讀完書後您覺得：

□很有收穫　□有收穫　□收穫不多　□沒收穫

對我們的建議：________________________________

________________________________

________________________________

________________________________

請貼
郵票

11466
台北市内湖區瑞光路 76 巷 65 號 1 樓

**秀威資訊科技股份有限公司**　　收

BOD 數位出版事業部

(請沿線對折寄回，謝謝！)

姓　　名：＿＿＿＿＿＿＿＿　年齡：＿＿＿＿　性別：□女　□男

郵遞區號：□□□□□

地　　址：＿＿＿＿＿＿＿＿＿＿＿＿＿＿＿＿

聯絡電話：(日) ＿＿＿＿＿＿＿＿ (夜) ＿＿＿＿＿＿＿＿

E-mail：＿＿＿＿＿＿＿＿＿＿＿＿＿＿＿＿